KB126986

사유악부 시인선 01

우리의 어디가 사랑이었나

김현미 시집

사유악부 시인선 01

김현미 시집

우리의 어디가
사랑이었나

마음을 여러 번 접질려져 본 사람들은 어떻게 소리 소문 없이 사라질 수 있는지 그 어두운 방법을 알고 있다 목련나무 가지에 앉아 내 몸을 감았던 하얀 붕대를 바람의 마디마다 묶어 놓는다 어디서 어떻게 저질렀는지도 모를 우리들의 죄를 이 봄은 언제까지 용서하지 않을까 내 이름은 이제 기적이 되지 못하는데 끝이란 끝나지 않는 끝의 시작 시작할 수 없는 시작을 의미하는 것 이보다 더 좋은 날을 알지 못하네 당신 기다리기에

사유악부

시를 읽거나 쓰거나 생각하는 일은
끝없는 모욕을 당하는 것 같은 이 삶의 강가에서
떠나지 않고, 떠나는 한 방법이다.

그 이상은 오히려 집착이고 그 이하는 기만이어서
먹고 화장실 가는 만큼만 무언가 해낼 수
있을 뿐이다. 나는. 거기까지다.

의미심장한 은유에 대한 욕망,
치열함이 내게는 없다.

겉만 살아와서 지구의 속처럼
사람들의 속을 알 수가 없고
그럴 능력도 없다.

내가 쓰는 글들은 그래서 '글'에서 ㄹ자를 하나 빼먹은 것처럼
가볍고, 꼭꼭 씹지 않아도 슬그머니 넘어가는 흰죽 같다.

미량의 슬픔이 있다.

차례

3 부 환상통

흰 것들에게 말하는 일이
백지에 있다

흰 것들에게 말하는 일이 백지에 있다

'흰'이 빼곡하게 들어찬, 발 디딜 틈 없이 환한
커다란 백지에는
너무 맑은 냇물처럼 아무것도 살고 있지 않다
오래 들여다보면 시력을 다 뺏길 것 같다

그다음 텅 빈 마음이 아프고
몸이 아프고
눈과 귀가 차례로 아프다

그때 검은 먹물 한 방울이 떨어져 천천히 번져 가면
'흰'들은 느슨해지고 눈도 귀도 편안해진다

풍경과 배경이 비로소 여백을 그려 보인다

검은 먹물 든 내 눈에
당신의 맑은 눈동자가 와서 눈을 뜨기도 한다

꽃마리

너무 작아서 화병에 꽂을 수 없다
너를 생각하며 화병을 버렸다
이제
쓸모 없어진 마음의 한 부분을 덜어냈는데

염려하던 대로
한 발자국 더 가까이 다가가도 되겠지라는
다른 마음을 품는다

화병을 버리고
가진 것 없는 빈손을 감추는 사람은
서 있던 장소를 한 걸음 더 옮기는 간단한 일도 못하지

빈손에서 뿌리를 내미는 것들이
염려하지 않아도 되는 세상이 이곳이라면

바람이
밤에도 낮에도 내가 나를 지우는
기억으로 부는 거라면

버려진 화병은 나의 무용함을 버티는 방식으로
어딘가에 부서져 있을 것이다

이토록 온전한 세상에
나의 꽃마리

바위와 소나무와

너는 어디서 와서 어디로 가는 중이니
내가 어디서 와서 어디로 가는 중인 것과
겹치는 일이니

우리는 서로 원하는 것을 모르지만
서로 아무것도 해줄 수 없고 서로 바라지도 않아서
끝까지 무해한 친구가 될 수 있어

고독을 좋아해
고독을 즐기려면
만날 수 없는 누군가를 그리워해야 하지
그리워하는 일은 바위처럼 일관성을 유지하기에
좋으니까

때마침 침묵이 나를 선택했어
비밀처럼
뜬소문처럼 위장하려다
슬픔의 부위를 잠시 드러내고 말았지

울지 않으려고 애쓰느라 입술을 너무 악물어서
피가 고였어
계곡이 있는 쪽으로 굴러가거나 벼랑에서 떨어지려고
마음먹었지

하지만 곧 벼랑 끝에서 멈추었어
슬픔이 산산 조각나 널리 밝혀지면
고독을 유지하기 힘드니까

그러나 지나가는 소나무 씨앗을 용케 움켜잡아
나의 고독이 눈물에 젖지 않게
항상 푸르게 지켜줄 나무로 키우겠어

고독이 사계절 내내 푸른 상록수라는 건
내 유일한 자랑거리가 될 거야

바위와 소나무가 나란히 있는 장소
그것을 말로 하면 일관성이라 하겠어

*인셉션 Inception

겨울의 영향을 받아서
한 번도 누가 산 적이 없는
아무것도 없는 빈 방을 찾아냈답니다

파란 대문이 아니고 초록 대문 이라고요?
맞습니다
사자머리 모양의 손잡이를 밀면 그늘진 좁은 마당이
나오고, 그 끝에 밀어도 열리고
당겨도 열리는 방이 있습니다

오래도록 조작된 그 집 주소를 손상된
제 머릿속으로 전송해 주시겠어요?

언젠가 누군가와 거기 살았던 것처럼
빨래를 하고 화분에 물을 주고
즙이 흐르는 과일을 함께
베어먹은 적이 있었던 것처럼
의심되는 별 하나.. 별 둘..

누군가 살았던 책이나 꿈들은 흙처럼 달콤합니다만

별들 하나하나를 초인종처럼 누르면
쓰라린 단어들이 짓물러진 과일의 즙처럼
흘러나올 것 같지요

세상은 왜 이리 오래 여기 있는 것일까요

해마가 기억을 삼키며 새끼를 낳고 있어요
내 머릿속 해마에 물방울처럼 태어나는
해마 한 마리.. 해마 두 마리..
해마 백 마리...

무아지경無我之境에 빠진 듯

세상은 너무 오래 이곳에 있습니다

*인셉션 Inception: 시작, 발달이란 의미. 영화 인셉션에서 차용

*두근두근 네 인생

이상한 일이에요
몸에는 다친 데가 한 군데도 없는 것이
하늘이 도왔어요

내가 깨어났을 때
백 년을 채 못 살 것이 분명한 간호사가
백합처럼 미소 지으며 말했다

유성우가 나를 스치고 간 어느 초여름
그 행운의 사건으로 나는
사람이 만든 길과 방향을
제대로 인식하지 못하는
보통 사람에 못 미치는 사람으로 변했다

카프카의 변신처럼 갑충으로 변했다면
더욱 극적이었을 것이다

세상 돌아가는 일이 분명하게 파악되지
않는 지점에 닿으면

여러해살이 풀이나 꽃들이 모든 길과 방향들을
뒤덮으며 자라길 기다리곤 했다

그러면 나는 곧장 방향을 잡고 걸어갈 수가 있었다
보이지 않는 더듬이라도 생긴 듯이.
하늘이 돕는 것이 분명하였다

꿈속 두 갈림길 앞에서 허둥지둥하거나
망망대해에서 익사 중이거나

우주 공간에서 미아가 되어 멍한 상태로
굳어 있는 나를 누군가가 반드시 호루라기를 불며
구해 주었다

하늘이 자꾸 나를 도우려 하니
마리아처럼 가슴이 두근거린다

*제목은 김애란작가의 소설제목 '두근두근 내인생'에서 차용

횡단보도

선명하게 그어진 길 앞에 섰어요
이 세상엔
내 맘대로 건너면 안 되는 선이 있죠

두 발을 가지런히 선을 딛고 서면
두 손과 어깨도 나무처럼 다소곳해지니
엄마는 흐뭇해하실 거예요

신호가 바뀌길 기다려요
0과 1의 유전자에 생을 걸어보아요

신호등 눈의 색깔이 바뀌기 전까지
우리의 눈동자는 순한 갈색의
현재진행형 내일 지향적이죠

티 없이 긍정적인 눈빛이어도
속으로 원하는 건 다 모르죠

내가 직진만 하는 것 같아도 아무도 몰래

혼자만 아는 돌아가는 길이 있어요
밝히고 싶은 이 비밀을
신호등 색깔에 맞추어 떠들어도
아무도 알아듣지 못하는군요

모든 것이 백일하에 드러나 있는데
왜 보지 못할까요
스치며 지나가 버릴까요

신호등 옆에서 그는 나를 알아보았는데
모른 척 지나왔어요
심지어 멈추어 서서 이름을 부르기까지 했지만
나는 안 들렸어요

우산을 두고 내렸다

이른 초겨울 밤에
내리는 비가 비비비 다다다
어두운 '도'와 반짝이는 '레'의
허밍을 주고받는다

어둠으로 사는 음표 족들 어둠 속의 빗물로 살기로

아무도 오지 않는 도시의 골목에 숨어
녹슨 비가 가는 방향만큼만 함께 걷자고
말없이 약속하면서

얼굴 없는 두 개의 모자처럼
어둠에 기대서는 가로등으로 살기

이해와 오해가 사라지는
조화로운 흑백의 입술들

그 키스의 추억은 무수한
이해와 오해에도 불구하고

그 너머가
전부인 창문들의 기억 속으로
캄캄하게 사라진다

비 한 방울 스치지 않는
사막 같은 거울 앞에서

싸우는 방법을
도무지 모르는 우리가
어디서 이런 단꿈에 젖을 수 있겠나

버스에 우산을 두고 내리며
잊으며 살기

비에 젖은 웅덩이처럼
꺼진 가로등처럼
얼지 않는 공기처럼
잊어버린 약속만 지키며 살기

바람의 자리

갈대 무성한 강가에 서 있다 보면

형체를 습득하지 못한 바람들이
황새처럼 하늘을 풀어 헤치다가도
어스름 무렵 뱁새 떼처럼
갈댓잎 사이로 몰려오는 걸 보게 되면

당신의 어깨너머로 보이는
별들의 약력은 모두 소멸이어서
그 소멸의 궤적의 끝이
우주보다 생생하구나 믿다 보면

누군가 낡은 별자리로
박제해 놓을 수밖에 없었나 보다라고
당신의 깊고 넓은 등을 보며
중얼거리다 보면

반짝이는 몸을 가지기에는
바람의 심장은 너무도 불멸이라

블랙홀마저 이기고
지구로 돌아왔는가 의심하다 보면

시야를 벗어나지 않는
죽은 별들의 귓바퀴를 잡고
시야에 잡히지 않아
죽지 못하는 바람의 실 끝을
검지로 천천히 꿰어 넣는다

당신의 등을 내 손으로
박제하기 위하여

이제 당신의 등은 바람으로 변할 것이다
내가 존재하는지 마는지
돌아보지 않아도 된다

아득히 먼 곳

나는 늘 마음이 해 질 무렵이어서
조조영화는 보지 않아
라고 말하는 사람이 있었다

그 말을 듣자마자 나는
조조영화를 싫어하고

하루의 뒷모습인 해 질 무렵을 사랑하는
노을 같은 사람이 되었다

한낮의 폭염 속을 혼자 걸어서
돌아오던 어느 날에
매미 소리가 뜨겁다 못해
온 숲을 불태우는 굉음으로 변하는 것을 보았다

타도 타도 시퍼렇게 살아나는
진녹색 잎사귀에 가슴을 데인 새들이
후드득 떨어지고

흩어지려는 가슴을
두 날개로 부여잡고
있는 힘을 다해 숨을 몰아쉴 때
너희가 이제 더는 못 살겠구나 싶을 때

저녁이 지기도 전에
그림자가 먼저 스러지고 없을 때

고요한 새벽이 돌아와
비가 떨어지고 있을 뿐이었는데

지구가 평평하다고 말하고 떠난 사람이 생각났다

나는 둥근 길을 걸어 귀가했다

비밀

우리는
우리가 함께 기억을 밀어버린 장소
살다 왔지만 몇 번이나 굴러떨어졌던 장소
그리고 오래된 포구에 버리고 온
완전범죄의 밀실을
갖고 있다

아무리 외쳐도 기록되지 않고
아무리 짊어져도 무겁지 않은

매일 밤 조금씩 사라지는 사람들이
살고 있는
이 외딴 도시의 밤 같은

검은 입과 노란 혀

거미집

누구를 산 채로 잡아먹지도
함정도 파지 않는

한없이 따뜻하고 다정한 엄마
거미집을 왜 집이라 부르게 했지요

벽도 지붕도 천정과 바닥도,
아버지도
없는 집

입구와 출구가 같은
누군가 들어서는 순간,
출구와 입구가 사라지는 집

애초에 내가 쌓아 올렸던 꿈들이
신기루같이

거미줄에 칭칭 감긴
빈사 상태였음을 깨닫는

거미의 집

이제 나의 골수는 후루룩 삼켜져요
당신의 피와 살이 될게요 내장이 될게요
은빛 칼날이 휘휘 우는,
당신의 집으로 부활할게요
영원히 복수하지 않을게요

서럽지 않습니까 어머니

죽음의 함정을 집이라 이름 붙인,
우리의 무의식이

기둥들

내려앉다가 어떤 이유에선지 멈춘
이층 짜리 옛날 집이 있다

그 집 기와지붕 아래엔
나란히 자리한 세 개의 술집 간판이
있는데 아마 그것이 반은 죽은듯한,
백 년 묵은 집이
마지막 숨을 놓지 않는 무슨 답이 되지 아닐까 싶었다

술의 기운, 술 마시고도 취하지 않는
고단한 사람들의 기운이
사력을 다해 기둥이 되어주고 있는 것이다

양쪽 끝의 두 가게 중, 왼쪽은 '오곡수림' 이고
오른쪽은 '포도청' 이란
거창한 문패를 달고 있다
가운데 집은 고깃집인데
고깃집에 술이 없을 수가 있겠나

저 술집 안에 어둑하니 고여 있을
낡은 시간과 술 취한 이들의 뒤엉켜 쌓인 입김들이
여간해서는 이승의 시간을 놔 줄 것 같지가 않다

폭포의 시작

한 사람을 향해 폭포가 되어
쏟아지는 일은
누구 하나 죽거나 죽이는 일이지요

이 세상에 쏟아져도 좋을 것은
다만 별빛이고 다만 달빛입니다

하늘이 내게 내리는 것에
사람 마음을 겨냥하는 것은 없으니까요
하늘이 내게 내리는 것에 사람 마음을
겨누지 않는 것 또한 없으니까요

사람의 마음은 낙숫물같이
한 방울씩 묵묵히 떨어져야
깨지지 않는 둥근 자취가 됩니다

그렇게 조심하여도
메울 수 없는 컴컴한 심연 속에서
홀로 싸우며 솟구치는 물방울들

저 폭포를 거슬러 오르는 연어들의 소리가
멀리서 빗발칩니다
저 마음은 어디서 어떻게 생겨났는지
누구에게 물을까요

누구 하나 죽지 않으면 끝이 안 나는 저 마음을
무엇으로 막을까요

바람이 불 무렵

바람이 꽃을 새깁니다
기념으로 화엄사에 갑니다
화엄사 홍매가 기껏 바람 따위에 얼굴을 붉히고요
백발의 가슴에도 태풍이 분다고 구름이 펄럭이고
목어가 꼬리를 칩니다 하늘이 걸어오신다
그리운 얼굴 나도 있다 하시며
눈부신 하루 가득히
백 년이 가뿐히 종소리에 묻힙니다

바람의 모국어는 아무도 모르게 전승되고
집 뒤뜰 강변에 갈대의 딸들로 다시 한번 태어나
눈을 깜박입니다
취하고 싶어 태어났는데 한 잔 술맛을 아직도 모르네요
술 냄새만 맡아도 눈앞이 캄캄해지니
갈대의 속은 영영 알 수가 없어요

은하수가 출렁이면 죽지 않은 까마귀들이 날아오를까요

떨어지고 싶은 나락을 찾아가렵니다

인기척 많은 낭떠러지는 뒷걸음으로 피해서요
바람의 귓바퀴를 잡아채 비명소리 새깁니다
저 외마디를 잊으면 안 되니까요 홍매가 웃습니다

바람 소리에 저절로 꽃이 피네요
내가 아는 바람일까요
모르는 바람이 셀 수 없이 많은 저
나락 무렵과 봄비 무렵까지

백야

장마는 이명과 아무 상관이 없다는 말을
그는, 내가 그와는 상관도 없는 사이임을
강조하듯이 말하네요

그래서 마음에 들어요
다음에 들을 말에 호기심이 생겼으니까

탈선한 열차 바퀴가 귓속 레일 위에서 끊임없이 끌리는
중입니다
빗물과 철로가 만나 귓속에 긴 터널을 뚫는 녹슨 쇳소리는
잘못 알아들은 말들이 많아서 그런 것일까요

자책은 금물이지만 잘못 만난 사이는 어느 구간에서
만난 사이를 말하는 것일까요
적도와 남 북회귀선을 종횡무진 횡단하는 그런
열차를 상상합니다

불가능한 사물에 대한 집착은 삶에 활력이 되고
보이지 않는 몸속 장기에 대한 집착은 나르시시즘의

그림자를 만들었어요
어떻게도 외울 수 없는 새들의 노랫말처럼
이 이명은 해석할 수가 없습니다

최근엔 어떤 장소나 병명조차 잘못 들리고 있습니다
안면만 아는 남자의 단호한 표정과 말에서 다
알아차렸어요 심리적 공간은 언제든지 기울기가
변하니까요

추운 나라에선 이명 대신 오로라가 날아다니는
중이랍니다
백야 중에는 새들도 숲속을 떠나지 않는다 하고요
저도 따라서 단호하게 끄덕이며 몽롱한 백야의 태양을
상상해 보았습니다
정신을 잃을 때까지 상상해 보았어요

지평선이 궤도를 따르며 빙빙 돌아요
불가능한 것은 도처에 발견되고 개선된 적도 없습니다
그래서 미래가 없는 대화는 희미하게 이어진답니다

탈선한 열차 바퀴가 불꽃과 연기를 내며
요란하게 멈추어요

우리는 멀쩡해요. 털끝 하나 남김없이 우울해요
작은 새들은 왜 매번 둥지를 버릴까요

$\dfrac{2}{부}$

우리의 어디가
사랑이었나

우리의 어디가 사랑이었나

당신은 아주 오래 서쪽입니다
(봄은 예상과 달리 북쪽에서 왔던 것)

매섭게 핀 매화들이 하필이면 내 손목을 가늘게
베며 스쳤어요 차갑게 웃는 새벽 별이 있어서
정신을 잃는 일은 피했고요
아프다는 자극도 없이 샛별을 보며 가늠해 봤어요
우리의 어디가 사랑이었나

새로 돋아난 새순과 그들의 그림자가
얼마나 싱싱한지 흐트러짐이 없는지
배신감에 떨면서, 웃으며 나의 옷매무새를
단정하게 매만졌습니다

그림자만 남아서 단추를 잠그지 못하는 사람이 있어요

그 사람과 섬진강에 가고 싶습니다
쉽게 베어진 손목을 담그기에 적당하고
적당히 피를 흘리면 사연이 있어 보이거든요

이렇게 말하면 너무 통속적인가요

사연 있는 사람은 목련 같은 적막한 꽃들에게
어디를 보느냐고 무슨 생각 하느냐고
소리쳐 묻지 않습니다
구름 빛깔 목련이니까요
구름은 흩어져도 정갈한 얼굴이거든요

바닥이 있어 떠 있는 구름이거든요

바오밥 나무

구름도 뿌리를 내리고 싶으면
땅으로 내려온다

한 방울 두 방울 조금만 스쳐도
하나가 되는 물방울들
땅과 바다를 적시고도 남을 만큼
커다란 하나

나는 하늘에 뿌리를 내리고 싶어서
구름의 몸속에 파묻혀 숨어 살 것처럼
풍선의 마음을 훔쳤다

욕심껏 부풀어 올라가
뾰족한 공기에 살짝만 걸려도 터져버리는 풍선
무늬 없는 거울에 꺾어지는 빛 같은
조각조각 번식하고 생식하는 스테인드글라스 같은
마음에 날로 쇄도하는 새벽의 꿈과
지나간 예지몽으로 덮어 주었다

구름의 결실이 빗물만이 아니듯
하루의 결실이 노을인 것만도 아니듯

뿌리에서 다시 잎이 돋아날 것 같은 하늘

새

구름이 구름 속에 머리를 묻었다

한 사람이 다른 한 사람의 눈 속에 자기의 두 눈을
묻는 것을 보았다

하늘과 허공과 비바람까지도 탯줄로 이어진
둥지라는 것을 새들은 본능적으로 알고 있다

속을 비우고 집을 버리고
전심전력을 다해 맨몸이 되었다

얼마나 비를 맞아야 너처럼 노래할 수 있을까
얼마나 바람을 길러야 너처럼 날갯짓할 수 있을까

얼마나 천둥번개를 맞아야
내 집이 하늘이라고 감히 말할 수 있을까

환절기

누가 뭐라고 했는지 매번 2월은
목이 멘 듯이
꽃샘바람이란 것을 쏟아낸다

불러도 대답 없는 사람들 중에는
나도 있었고 그도 있었다
뒤돌아보면 안 된다는 전설이 생각나
입술을 깨물며 걸음을 멈추지 않았다
몹시 잊혀지고 싶은 사람들처럼

우리는 영원히 사라진 사람
지워지지 않는 그림자

마음을 여러 번 접질러져 본 사람들은
어떻게 소리 소문 없이 사라질 수 있는지
그 어두운 방법을 알고 있다

목련나무 가지에 앉아 내 몸을 감았던 하얀 붕대를
바람의 마디마다 묶어 놓는다

어디서 어떻게 저질렀는지도 모를 우리들의 죄를
이 봄은 언제까지 용서하지 않을까
내 이름은 이제 기적이 되지 못하는데

끝이란 끝나지 않는 끝의 시작
시작할 수 없는 시작을 의미하는 것

이보다 더 좋은 날을 알지 못하네
당신 기다리기에

동백꽃이 피었습니다

시끄러운 것이 침묵의 나머지는 아니겠지요
햇살의 나머지도 꿈은 아닐 것입니다

새벽 두 시에 꾸는 꿈은 깊은 불면의 나머지인지
귓속의 이명은 실토하지 못했던 진심들의 나머지인지

내 얼굴에 난 구멍들을 괴롭히는 나머지는
내 마음 내 마음 내 마음일 뿐
한 조각의 나머지도 버려지지 않는 지독한 마음

번개에 맞아 불탄 대추나무를 보았습니다
뿌리는 보이지 않았으니 살았을지도 모릅니다
뿌리는 가지나 나뭇잎보다 마음이 퍽도 넓어
오래오래 숨 참는 법을 배웠을 것입니다

그 독한 것으로 도장을 만들어 주던 사람이 있었지요
툭 떨어지는 동백꽃 꽃송이를 주워
한 장 한 장 찍어 주었습니다
이렇게 한들 달라지는 것은 없습니다

알지만,

나는 나머지의 나머지, 그 나머지의 나머지도
아니었으며
번개와 동백 앞에서 나의 관상이나 손금이
운명과는 아무 상관이 없다는 사실 또한
알아챘을 뿐이지요

2월의 비는 짧게 오고 짧게 간다

가진 것이 맨손뿐이어서 그런가
창문에 묻은 얼룩이 얼굴로 보일 때가 있다
변명할 수 없는 두 손을 등 뒤로 숨겼다

나뭇가지의 가장 여리고 예민한 부분이
하늘에 닿으려 한다

빈 나뭇가지들이 허공을 스칠 때마다
허공에도 가파르고 육중한 골짜기가 있다는 것을
야생화 향기가 뿌리째 진동하는 것을

내게 아무 연고 없는 세상이지만
어디를 돌아보아도 무섭지 않고
어떤 거짓말도 필요치 않다는 것을
짧은 빗줄기의 순간에
입가를 적시는 빗물이 말해주는 것이다

안개의 순간

안개 같은 머릿결을 노래하던 인어야
언제부터 너는 비늘을 버리고 목소리를 버리고
가슴도 마음도 하나 둘 녹아 버렸을까

인어가 인어의 성대를 사랑의 제단에 바쳤을 때
한 방울의 미련도 없었을 때
안개들은 처음 맺히기 시작했을 것이다

반쯤 열린 창문을 좀 더 열어 놓는다
살아 있는 마음의 한 조각을 어두운 밤바다를 향해
떼어내 던지고 옷섶을 여며도,
바다의 폐활량은 점점 나빠지는지
솟구치는 흰 포말들이 숨 가쁘다

새벽의 너는 한 오라기 실을 끝없이 풀어내
열린 창문을 넝쿨처럼 타고 올라와
무성해지며 뒤엉키기 시작하고

모든 흉통과 심통들이 너를 괴롭힌들

저항하지도 온유하지도 않은 쓰디쓴 너의 아귀는
너를 삼키고 너를 토해 내겠지

그래서 너는 사는 내내 물에 쓸린 듯 아플 것이다
붙잡아 증명할 수 없는 아픔이 어떤 것인지 알 것이다
시간이 약이 되는 일도 없을 것이다
바늘구멍을 빠져나온 낙타 같은 햇살에 스치기만 해도
빈사상태에 이를 것이다

없음에 없음이 더해져 태어나는 안개를
무표정의 안개가 만들어지는 것을 보며
뒤돌아 설 때

사라진 목소리가 살던 깊은 곳, 희고 검은 눈송이 입자들이
울먹울먹 흘러나올 때
끝없이 용해되고 퍼져갔다가 조여 오는 안개의 순간

하루

오늘도 햇살이 내 눈에 들어왔다
태어난 이후 평생토록 환한 햇살이
내 두 눈을 씻어 주었는데도
나는 더 이상 맑아지지 않았다

그림자는 겨울마다 두껍고 짙어진다
그래도 고맙다
아직은 내 그림자를 알아볼 수 있으니

나와 내 그림자가 가는 방향이
항상 같을까

그림자를 먼저 보낸 기억이 있다

내일의 염원

새해엔 계획표를 들키지 말기
눈 덮인 들판 같은 노트에
어린 왕자의 목도리나 그려보기

남천 나무 열매나
쥐똥나무 열매나
마른 부추 꽃씨 같은 것들을

찬바람이 불 때마다 생글생글
떨구지 않는 웃음들을

식은 가지에 꼬옥 매달릴 줄 아는,
새들이 쪼아 먹어 주기를 기다릴 줄 아는
새똥이 되는
새똥으로 세상에 떨어져
다시 흙 속에 묻히는,

봄비 소리에 리듬을 맞추어 춤추는
어린 사막 여우 같은 씨앗을 그려보기

그려서 따라 해 보기

술, 노래 ,밥 ,눈물

사람의 혈관으로 들어간 것들 모두
뜨겁고 붉은 피가 되는 것은 왜 그럴까요

땅속만 들어갔다 나오면
싱그런 초록이 되는 것은 왜 때문이고

바다에만 모이면 차갑고 파랗게 되는 물들은
얼마나 어리둥절인가요

몸속을 요동치다 검은 눈동자를 지나
세상 밖으로 나올 땐

맑고 투명한 물방울로 더러운 손등과
손바닥을 적시니

내 눈의 주인은 누구입니까
어디에 있을까요

닮은 꼴

이 세상에서 '슬픔'이란 말과 가장 닮은 것은
수평선이다
끝이 없으니까

이 세상에서 '희망'이란 말과 가장 닮은 것은
지평선이다
붙잡을 수가 없으니

이 세상에서 사랑이란 말과 가장 닮은 것은
나무 한 그루이다

전속력을 다해
땅과 하늘의 중심으로만 질주하니

한 마디 말없이 세상의 새를 불러 모으니

해안선은 단 한 번의 고요처럼

블랙스완 1

기울어진 부분을 여러 번 지적해 보았지만
여전히 갸우뚱합니다
균형은 기울지 않는 것이 아니라
쓰러지지 않는 것이니까요

갸우뚱한 나무 한 그루
외다리로 서 있는 새

물속에 거꾸로 처박힌 줄 알았는데
물고기들이 구름과 수풀 속에 잠드는 게 아닌가요
땅과 하늘의 균형이 흐르는 물속에서
맞춰지고 있었다니요

가시 돋친 겨울을 지나 창문의 유리를 두드리는 빗소리가
이토록 고요한 것은
눈의 결정이었던 겨울 꽃의 기억을 못 잊었기 때문일까요
새순처럼 귓속에서 자라는 걸까요
새순 모양으로 생긴 귀는 모두가 잠드는 밤마다
어떻게 힘을 냈을까요

두 다리를 가진 당신이 낡은 신발의 거짓말에 속아
여러 번 엎어지는 걸
어쩌다 엿보았어요

자주 길을 잃고 자주 쓰러지고 자주 멍들더니
외발서기 연습에 몰두하는 것도 보았어요
비밀인 거 알아요
반드시 들통나야 하는 것의 이름이죠

연습을 게을리한 나는 오늘도 넘어졌고 그래서
하늘을 보았어요
완전히 넘어져 내 배꼽을 보여줘야
자기 배꼽도 다 보여주는 하늘

참말이나 거짓말이 문제가 아니었어요
삶의 균형은
사고와 실패로 잡는 거였어요

완전히 나뒹굴어 박살이 날수록 하늘은 온전한 모습을
보여 준다는 걸 이제 알았어요
참으로 모진 균형의 법칙이에요

깃털 하나라도 아직 남아 있다면 날아오를 수 있어요

내 이마 위에 씨앗만 한 하늘이 한 조각
열리고 있습니다
잠시 뒤로 물러설까요
균형 좀 잡게요

라라라

바람은
꽃들이 만들어내는 염력이다

꽃들의 염력은 나비와 벌과 사람을
구분하지 않는다
정신이 향기와 색인 꽃들이 서로 시샘하며 일으키는
사월의 꽃가루를 보라

나비 벌 풍뎅이들이 라라라 홀린 듯이 라라라
비실비실 걸어가게 만드는 꽃들의 기술을 보라
바람과 색을 사용하는 저 기술을 보라

그가 물은 것도 아닌데 라라라
아름답다 아름답다 병이 나도록 고백하고 마는 것을
당신도 한 번 당해보라
라라라

삼월 속의 삼월

매일 목련나무 가지를 지켜보았다

그제는 날이 따뜻하여 꽃망울들이 한꺼번에
눈을 뜨는 것이 보였다

이 무렵 흰 꽃이 피었다가 갑자기 기온이 내려가는 바람에
얼어 죽는 목련이 꼭 있었다

얼어서 떨어진 목련 꽃잎의 흰빛은
검고 추한 멍 자국 투성이었다
보기만 하는데도 깊숙이 가라앉아 있던 시커먼 멍이
순식간에 눈으로 올라온다

한 해도 거르지 않고 똑같은 일이 반복되는데
속마음을 그렇게도 모르나

이렇게 긴 시간이 흘렀어도
네 마음이나 내 마음이나 날씨를 좌우할 힘은 없고
바람을 움직이는 능력도 생기지 않았다

삼월 속에 또 다른 삼월이 있다
서로가 동떨어진 차갑고도 뜨거운 마음

손으로 꺼내본다

통도사 홍매

봄날엔 아지랑이만 보여도 지그시 타는 통증
한겨울 무릎 꿇고 살아내느라 멍든 뼈마디에
노란 민들레를 올려놓는다

꽃잎이나 풀잎을 온종일 보다가
사람을 보면 참 못생겼다 사람이

예뻐져 있는 것은 내 마음이다
그래서 나보다 멀리 있는 사람을 향해 민들레 홀씨처럼
웃을 수 있다

민들레 홀씨 같은 처지가 되어 통도사 홍매 아래로 갔다

오래된 봄 몸살이
홍매화 한 잎 한 잎 눈 맞춤을 해도
슬프지 않은 것은

작은 꽃들이 주먹,을 먼저 내고
보,를 나중 내기 때문이다

이 게으른 마음조차도
부지런히 봄을 건너가 다시 다른 주먹을 쥐는
매화 같지만은
않기 때문이겠다

3부

환상통

첫날부터 새벽이네요 이것은 늘 그렇듯이
의미심장한 일
모든 것이 명백해지리라는 경고
단지 한 줌의 빛으로 은빛 거미줄을 모아
한쪽 날개의 깃털부터 촘촘히 살펴볼까 해요

이런 어스름하고 푸르른 때일수록
짙은 어둠이 남아 있는 안개의 신비로움 속일수록
추락하기에 좋은 것 같죠
낮은 데서 더 낮은 데로 떨어지면
예상과는 달리 극심한 내상이 생겨요
날아오르기 불가능할 수도 있어요

매일 추락하고 매일 다시 부활하고 있으니
매일이 기적의 연속이에요
다 알다시피 새의 심장은 날개에 있거든요
날개가 부러지면 심장도 끝이거든요

좀 더 촘촘한 비방과 비책으로 깃털을 짜야만 하는

이유입니다
과거와 현재 미래를 동시에 모두 사는
바람의 존재를 반드시 한 올 한 올 숨겨 놓아야 하죠

이렇게나 마음의 준비를 다하느라
쉴 틈이 없었건만
샛별이 사라질 때마다 신중하게 퍼덕여 보았건만

깃털이 몇 개씩 빠지면서 입술 위에 다 얹지 못한 맹세들이
그림자 속으로 미끄러져 들어가는 것은
어쩔 수 없는 일입니다

매일 같은 곳을 찌르는 모서리를 가진 바닥을
우리는 우러러보아요 부리를 부르르 떨면서요
피투성이 바닥에서 춤추는 영혼들은 새의 전생을
기억하거든요

눈시울 적시지 마세요

잠 속의 꿈 밖에서
사막에 떨어진 어린 낙타처럼 울어 본 적도 있으나
고작 몇 번이었어요

어둠과 암흑은 여기 우리 안에 있던 그대로 있어요
천천히 다가와서 깊이 머물다 가는 것 같지만
이 어둠은 두 눈 없고 네 발이 없어 묶어 둘 필요가 없는
오갈 데 없이 내가 키우는 순한 짐승

동쪽에서 서쪽으로 움직이는 건 어둠이 아니라 빛 빛

동쪽으로부터 왔다가 서쪽으로 사라지는 것을 보며
마중 나가다가 배웅하고 배웅하다
마중 나갑니다

맹세를 기약하는 일에 빛 한 줌이면 다인 것처럼
내가 나는 일에도 나 자신의 눈물 한 방울이면
족합니다

물과 불과 바람과 공기
새벽이슬과 안개들
땅속 깊이 가라앉아 어둠을 키우며 죽어간 어머니들이

차갑고 푸른 심장을 어루만지는
새벽

수련 소묘

해마다 그래왔듯
무슨 이유에서인지
습기에 지지 않는 내공을 연마해 온 연잎들이 무성합니다
작은 왕관 모양의 수련들이 왕좌에 앉은 듯
절정의 순간을 이루어 냅니다
그 무게를 감당하고도 남을 모습으로

물속에 가라앉기만 하는 습기 찬 내 몸과 마음이
혹시 뜰지도 몰라서
명치에 수련을 옮겨 심고 싶은 꿈을 내보였습니다
맨발을 드러내었고
연못 가운데로 무작정 걸어갔었지요
물 위에 뜨고 싶은 소망을 전하려고요

짐작대로 수련의 뿌리와 잎사귀들은
누군가의 흙탕물 발자국이 고인 곳마다 실낱같은 뿌리를
내리고 있었습니다

아 너는 명치가 없구나

처음부터 불온한 적이 없었어
양심이 아플 일이 없었던 거야

모든 속셈이 훤히 물 위에 비치고 있습니다
어제는 소망, 오늘은 용기를
우리의 해 질 무렵은
아픈 명치에 걸려 만개한 적 없이 지고 맙니다

낙엽이 지는 곳

등 푸른 겨울 하늘이 어두웠다
끝이 안 나는 긴 이별을 가지고도 닿을 수 없는
하늘 아래서 이름을 바꾼 네가 말라 간다

구름들은 충분히 눈물을 머금지 못하였고
한 장 한 장 흐려지기만 하고
공손하고 겸손하게 우리의 사방을 부드러운 어둠으로
감싸 안았다

내일을 점쳐 볼 수 없는 고요,
귀를 막아도 소용없는 고요가
우묵 허니 서 있는 숲속의 나무들 아래에서 숨을 거두는
낙엽들의 고요가
깃털처럼 쌓인다

떠나올 수는 있어도
다시 불러볼 수 없는 이름들만 생각나는 갈색의 벤치
아래에 문득 내 이름자나 모르는 이름자들이
있을 듯하여, 오래오래 걸었다

걸으면 걸을수록 어딘가에 가까워지는 줄 알았는데
사실은 멀어지고 있었고
다 걸었다 싶었는데 제자리였다

낙엽 속에는 누군가 떠나간 흔적이 역력했으나
이름조차 너무 긴 이 별이 여태 남아서
바람이 조금만 스쳐도 검은 낭떠러지가 눈앞으로
떨어질 것 같았다

낙엽 위에 닿은 가느다란 햇살이 바삭 마르며
옛 생각들이 지워지는 소리를 낸다

그리울 것도 없지만
그립다고 써놓고 흙으로 덮어 두었다

등 뒤로 손 내미는 바람

몸과 마음을 나누지 못하는 습관은
저 빈틈없는 허공에게 배웠겠지

빠져나갈 길 없는 세상에서
목이 길고 야윈 척하는 바람아

하늘이 바다를 그리워하는 것 좀 봐
바다가 하늘을 그리워하는 것 좀 봐
그리움끼리 스며서 같은 색으로 물들은 거
파랗게 물들어 있는 거

그 사이에 들어와 살고 있는 내가
누군가 그립지 않다면
마음속 구석구석 파랗지 않다면

닿지 않는 인연 때문에 가끔 파도가 되어
흰 포말을 쏟아내지 않는다면 어떻게 살 수 있겠니

무작정

그 자신이 꽃이 되고 나비도 되는 수국
어쩌면 꽃이 아니어도 무작정 꽃으로 사는 수국
무작정이 아니면 필 수 없는 세상이어서

수국의 정체성은 수국에게 중요하지 않습니다
우리에게도 상관없는 일이죠
유월에 피는 꽃, 암수가 불분명하지만 꽃입니다
누가 꽃 아니라고 해 봐요
그의 얼굴을 지워버릴 거예요
눈 코 입이 없는 얼굴로 만들어 버리는 거요

이런 무서운 초능력을 숨기고 사는 것도 힘든데
더 무섭지만 이참에 나의 정체성에 대해 낱낱이
파헤쳐 볼까요..

벌과 나비가 오지 않지만 올해만 이럴 거예요
내년이면 수국들이 자기가 누구 옆에 피어 있는지 알까요
가짜 수국이 있다는 말로 오해하지 마시고요
자기 그림자를 휘감는 나팔꽃 같은 수국의 정원을

내가 좋아하는 이유는

사람인지 아닌지 나 자신을 구분 못하는 내가
숨어 있기에 알맞기 때문이에요
예전엔 나도 한 사람이었지만 지금은
나머지 사람일 뿐이니
일이 좀 더 쉬워졌어요 갈수록 쉬워지겠죠

수국 사이로 완벽하게 숨을 수 있고 좀 더 노력하면
'수국'하고 발음할 줄 아는 한 마리 수국의 나비를
만들 수도 있을 거예요
그런 순간이 온다면 여한이 없겠지요

더디게 오는 것들은 뿌리를 먼저 키우기 때문이다

그늘진 비탈길 그루터기 틈새에서
생각 없이 한 발 내밀었던 싹은 왜
한 발짝 더 안 나오고 있을까요

무엇이 두려운지 말이라도 알아듣는다면
내가 무슨 도움이 될까마는 애타는 마음이라도
보태줄 수 있으니요

너 때문에 깊은 잠을 못 자겠다고
어수선한 꿈에 시달린다고 알려줄 수도 있겠는데요

아주 잠들지도 활짝 깨어나지도 못하는 너를
내가 몹시 신경 쓴다고
어떤 거미줄 같은 꿈에 걸려들었는지
생각에 생각을 거듭한다고 말해주고 싶은데요

그것이 무슨 도움이 될까마는 그래도 계속 속삭여주면
저 혼수상태에서도 무언가 알아듣고
나머지 한 발이 움직여지지 않을까요

나와는 상관도 없는 그들의 일에
왜 이리 깊이 관여하는지 당신은 알까요

바람의 열두 방향

방랑자들이 눌러쓰는 모자 같은 바람이 부러워
이리저리 머리에 써 보려 했지만
머리카락 한 올 만큼도 남아주지 않았습니다

운이 따라 내 머리통이 별 볼일 없는 껍데기라는 것을
적당한 때에 알았습니다

내가 어디를 향해 서 있어도 등 뒤로만 가는 어떤 길을
자꾸 돌아보게 된 것은 그때부터입니다
두 손으로 꼬옥 감싸 안아 주어야 말을 듣는
손이 많이 가는 얼굴이 되었지요

저는 계속 이런 방식으로 내 얼굴을 안고 살
자신이 있습니다
이제 와서 바람에 벗겨져 버리는 것보다는 덜 절망적이니까요

온몸이 바람이 가는 방향으로 나이 들어갑니다
마지막에라도 만나러 올 그가 내 얼굴을
못 알아볼 수도 있겠지요

그런 슬픔을 내 얼굴에게 겪게 할 수는 없으나
그렇게 생을 마칠 순 없는 일이긴 하나
그럴 수 없는 일을 마주 보기까지 겪어야
그것이 인생이라 하니요

환상통

없어진 사람이
없어진 팔다리처럼 아프다

아무것도 없어진 것이 없다는 증거이다

당신 눈에 보이지 않을 뿐
창백한 얼굴을 들키지 않았을 뿐

맹물만 마셨어도 우리의 혈관이 이리도
붉게 짙어진 것은

없어진 우리가
없어진 세월보다 뼈아프게 살아있기 때문이다

이 생을 한번 벗어 본 사람들이
줄줄 새고 있는 핏줄에 대해 어디로,
무엇으로 전이되고 있는지
말해주지 않는 것은

우리가 그들의 반만큼도 살아 있는 게 아니어서
그들의 반만큼도 죽을 수가 없기 때문이다

없어진 사람의 심장이
당신과 나의 심장을 밀어내고
두근거리기 시작한다

이제 말해봐 우리가 살았는지 죽었는지

당신은 어디에서 나와 함께 빈사상태로
아무에게도 발견되지 못하고 있는지

물안개

지금 말하려 한다
무언가 속삭이고 싶다고
너무 많은 말들이어서인지 입술을 벌리자마자
알갱이로 분해되어
하늘로 올라가는데
당신이 귀 기울여 들었어야 하는 말도
따라가버린다

생

세상 모든 산들이
두 손 합장한 모습으로 서 있는
한결같은 그 모습에
문득 복받쳐서 말문이 막힐 때가 있다

나뭇잎 몇 장 먹은 것 밖에 없는
조그만 애벌레가
가르쳐 주는 부모도 없이 가느다란 실을 뽑아
몸에 꼭 맞는 집을 지어

출구도 입구도 없는
새하얀 집을 지어
목숨을 가꾸는 것을 볼 때면

막혔던 말문이 아 하고
터질 때가 있다

안갯속

물결 위에 떨어진 그림자를
건져 올리는 건
사람으로 할 수 있는 일이 아니다
인연에 연연하지 않는 본성대로
물결은 미끼를 물지 않는다

떠도는 안개를 모아
매듭을 지어 보려고
내 머리카락으로 안갯속에 그물을
쳐본 적도 있다
안개는 세상을 뜨는 생각에 골몰하느라
온몸이 흩어질 대로 흩어져 있었다
몸이 흩어지면 질수록
마음은 한 곳으로 만 모이는 것을
그때 알았다

나의 잔해들을 네게 보낸다
너는 네 유골을 보내라

유언

내가
빈손으로 숲속에 갈 때는
그대를 두고 가겠다

먹고살려고 들어가는 것이 아니니
말없이 그냥 가도 되겠으나
기다려 주었으면 좋겠다
돌아오지 않는 나를,
영영 돌아오지 않는 나를
우두커니 기다렸으면 좋겠다

비가 오나 눈이 오나
전생에
내가 그랬듯이

강가에 앉아

어디 가니
너 붙잡으려고 여기 온 거 아닌데.
마음 걸려고 온 것도 아닌데
배웅이나 마중 같은 것 아닌데

네가 어디로 가는지 따져 보자는 것도 아니고
흘러가도 꽉 차 있는 너와
어디로도 못 가면서 텅 빈 나에 대해서

마음 뼈마디마다 시린 나와
마음 없이도 온 땅을 데우는
너에 대해서

우리들의 공존에 대해서 말하려는 것도
아닌데

오지 않고 가지도 않는 사람에게

내가 너를 기다리지만
오지 않는다고 죽을 만큼 기다리는 마음은
아닐 것이며

너를 그리워도 하지만
보고 싶어 눈이 멀 정도로
애끓는 마음도 아닐 것이야

너를 아무리 사랑하여도
내 목숨을 버릴 만큼은 아니고

세상을 버틸 수 있을 만큼은
꿈으로 간직하며

오직 내 마음이 내 마음을 팽개치지 않을 만큼만 간직한
먼지 같은 사랑이어서 굳이
말로 전하지 않네

낙화의 방향

평생이란 말처럼 가슴 저린 일 중 하나가
꽃잎 먼저 나오고
잎사귀가 나중 나오는 일이다

꽃망울 먼저 밀어 올리는 잎사귀의 심정이
밝디 밝은 초록인 것도 뒤늦게 가슴 저리다

떨어지는 꽃잎들이 죄다 어디로 가는지
그 방향을 알 수 없으니

봄바람이 아무리 가벼워도 내 힘으로는
막을 수도 피할 수도 없으니

4
부

비의 마음

어제의 일

햇살은 눈부시고 그림자는 부드러웠다
무거운 이 세상을 일순간에
가볍게 만들어 버리는 경이로운 작은 존재들

나비처럼 소리 없이 다가가
그림자처럼 쪼그려 앉는다
너희에 대해 쓰려고 하는 순간 쓴웃음을 지으며
물러 난다 그것은 내 능력 밖의 일
작고 노란 씀바귀 꽃에 대해 내가 무슨 할 말이
있겠는가

비 오고 바람 부는 날에도 얼굴 표정이 흐려지지
않는다는 것만 알고 있을 뿐
부드럽게 눈 감은 그림자 속에 빠지는 것만으로도
나는 만족해

우리는 서로 말 한마디 나누지 못하는데
잠시 함께 있었던 그 순간으로도 아주 작은 존재들이
거대해지는 순간이 있다

연밥 위의 잠자리는 나였어요 거짓말 아니에요

가을이 너무 깊습니다 거짓말이 아닙니다
어릴 적 물속을 헤엄치고 다닌 기억이 생생하건만
수영도 못 배우고 여태 뭐하고 살았을까요 나는

가라앉지 않으려고 연꽃 대궁에 꼭 매달려 허우적거리는데

지나가던 바람이 낙엽 냄새 풍기는 한 손으로
조용히 내 날개를 눌렀어요
거짓말 아니에요

해가 지려고 하자 구름도 한숨 놓았다는 듯이
옆으로 돌아누워요 구름의 느린 몸짓을 보니
바람이나 구름의 모양은 우연이라는 말과
뜻과 음이 왠지 맞아 떨어지는 것 같고

느슨하지만 결코 놔주지 않는 어떤 손가락에
길고 오래 매여 있는 풍선 같기도 합니다
거짓말처럼요

추신

하늘 어디를 보나 편지와 우체통이라는 단어가
떠오른다면 가을 인거다

그런 단어가 들어간 책장을 넘기며
한쪽으로 고개가 기울어진다면
가을이 깊어진 거고

여기저기 흩어진 구름 사이로
빈손을 닮은 바람이 떠다닌다면
잠자리 날개 같은 편지의
첫 문장이 길게 시작되었다는 것

그 바람 부는 방향으로 마음이 쓰러졌다면
나머지 문장이 완성되었다는 것

노을이 번질 때 즈음엔
이미 다 쓴 페이지는 붉게 봉인되겠지만
끝없는 추신에 추신이 이어져
이번 해에도 부치기는 어렵겠지

몰라도 아는 것, 알아도 모르는 것

꽃들이 누구를 향해 무엇을 위해
향기를 내뿜는지 다 알고는 있지만
굳이 대상을 따지지 않는 꽃들의 순정을
저 또한 굳이 따지지 않습니다
모르지만 알겠는 마음입니다

꽃의 마음과 물결의 사정이 서로 어떻게 다른지
물결은 접히는 중인지 펼쳐지는 중인지
중요하지 않지마는
매 페이지마다 아무것도 없다는 것
읽을 수가 없다는 것이 사실이지만

뜻도 모르면서 읽고 또 읽어 다 닳아버렸으나
구멍 한 번 나지 않는
질기고 질긴 물의 마음을 따라갈 수 없다는 것

알지만 모르는
슬픔에 대하여 말하고 싶을 뿐입니다

개밥바라기 별

베개에 이마를 대고 잠이 들려고 할 때
슬픔이 동그랗게 몸을 말고 이불 속으로 들어와
기다렸다는 듯

배고픈 그에게 젖을 물리고 눈물을 먹이고
흐느낌으로 덮어주면 그는 죽지 않고 자꾸 살아나서
미안하다고 나날이 늙어가기만 할 뿐
아버지보다도 오래 살고 엄마보다도 오래 살아서
정말 미안하다고 속삭여

다 큰 어른이 되어 배고프지 않은데도
혼나지 않았는데도 미움받지 않는데도 계속
슬픈 것은 자기의 피 때문이라고
물처럼 어디든지 스미고야 마는 피 때문이라고

내 눈물과 피를 아무리 먹여도 야위기만 하는 그가
지는 해처럼 뉘엿뉘엿 속삭여

깨끗하고 맑은 피가 돌 때까지 이 빈혈과 어지러움을 견뎌야 해

늙은이 같다가 아기 같다가
수시로 얼굴을 바꾸는 그에게
몽유병자처럼 안아 주었어

내 살을 다 베어 가라고
피 한 방울 남기지 말고 베어 가라고

어떤 고백

터지기 직전까지 탱탱하게 부푼
도라지꽃봉오리에 천천히 손가락을 댄다
아 모든 비밀이 한꺼번에 터지겠지
모두가 탄성을 지르며 웃음보 터뜨리겠지
두근두근 참을 수 없어 네 손을 꼭 쥐고 말았지

물거품이 된 인어의 고백처럼
나는 하늘로 숨어 버리고 싶지

비의 마음

비의 모노드라마가 시작되었습니다
독백과 방백들이 귓가에 빗발칩니다
빗줄기 하나하나
직설적인 말 한마디 한마디 아프지 않고 다
이해가 되는 건 진심만 쏟아져서겠지요

하늘 끝에서 땅 끝까지 누구에게도 기대지 않고
알몸으로 뛰어내리는 건 진심이 아니면 할 수 없는
행동이겠지요

옛날 일 오듯이 비 오는 날 삶은 옥수수를 먹고
겉과 속이 달라서 좀 더 달콤한 수박을 먹고
수박씨 같은 웃음을 뱉어내요
그래도 괜찮다고 옥수수알처럼 가지런히 웃습니다

찰랑거리는 빗물 사이로 구름처럼 피어나는 당신
겉과 속이 한결같아 허공처럼 텅 빈 당신을
네 귀퉁이 단정히 접은 작은 손수건과 우산으로 받쳐요
젖지 마시라고 젖은 채 가지 마시라고

봄날에 삼월에

봄날에 삼월에
흐르는 낙동강 물에 손을 담갔는데요
숨겨놨던 귀찮은 말들이 따라서 흘러
나오기라도 했는지

말을 하려고 입을 열 때마다 물이 말없이
물만 가득한 그 입으로 손가락을 물어요
안 해도 될 말 더 있을까 봐 나는 물고기처럼
입술을 움직여요
물고기의 비명은 물처럼 묵음이어서
더욱 숨이 막혀요

하아 하아 하아 저기 꽃이 입을 여네요
공기 속 묵음 처리된 메아리 없는 아름다운 꽃소리를
들어 보세요
하아 하아 하아

바람들이 모이면

작은 바람들이 모이면
폭풍이 되나요

어둠끼리 부딪치면
천둥인가요

찢어진 구름들이 비수 같은 번개를 던진다는 게
맞나요

아무 데도 못 가고 한자리에 있는 나를
망부석이라 하지 마세요

더 이상 소원을 들어줄 힘이 없어
마지막 한 사람의 소원을 위해
하늘도 져버리는 별을 별똥별이라 부른다지요

나를 별똥별이라 불러주세요

물망초

누구와 언제 어디서 무엇을 어떻게 하자고
약속한 적 없지만 나 혼자 지키는
약속이 있어요

지키지 않아도 아무도 모르는 이런 약속은
어기기도 어려워요 때때로 내가 깊은 잠에라도
빠질라치면 어김없이 누군가 빙의해 들어오거든요

나의 잠을 원하는지 꿈자리를 원하는지 모르겠지만
우리를 이간질하려는 것만은 분명해요

나 혼자 밥 짓듯이 짓는 약속이 있어
오른발 왼발 거꾸로 신발을 신어요
모르는 발자국에게 미행당하지 않게요

어디 멀리 가는척하다가 다시 여기 있을게요
내가 누군지 당신만 기억해 주면 되는 일이에요

어떤 하루

오월엔 긍정을 가꾸지 않아도 행운의 네 잎
클로버와 행복의 세잎클로버가 날마다
푸르게 자라는 계절이다

저녁마다 성숙해져 있는 나무 잎사귀 아래를 지나
마침 방금 태어난 듯한 데이지 한 쌍이 있어
지나온 날들을 헤아려 보았다
뜻밖에도 눈물 흘린 날보다 울지 않은 날이 더 많았다
가슴 뛰었던 날이 하루 더 많았더라

그 하루가 나무 한 그루가 되고 숲이 되고
가장 오래 해를 보는 산봉우리가 되는 거였다

벚꽃 엔딩

내 꿈에 오지 않는 사람이 있다
온종일 그 사람 생각을
너무 많이
해버렸기 때문이다
그가 걸어와야 할 길을
내가 먼저 다 걸었기 때문이다
그가 발 디딜 틈을 조금도
주지 않았기 때문이다

일곱 살

발 앞에 무심코 계속 떨어지는 물방울이 의미심장하다
어디로든 흘러가자

나는 내가 모르는 골목 벽에 휘갈겨진
그림 낙서처럼 자유롭다
다른 곳으로 가지 못하지만 한없이 자유로운
일곱 살 영혼들의 터치

캄캄한 우주에 푹 빠져있던 하늘이
티하나 없이 푸르디 푸르게
이 새벽을 뚫고 오는 것을 믿을 수 없어
눈두덩을 비빈다

온통 내 세상 같은 아침만이 쏟아질 것이다
땅도 하늘도 자기들 것인 줄 아는 헤픈
비둘기들의 공원이 멀리서 후후 깃털을 뱉어내고

흐릿한 창문 아래 버려진
시들지 않는 화분 속 조화에는 한 알의 슬픔도

열리지 않아 행복도 열리지 않아
앵두 같은 희망만이 오밀조밀 매달릴 거야
일곱 살까지 자유란 아주 흔하디흔한 것이었다

어디선가 남의 세상 같은 아침이 찾아올 것이다

더 이상 물러날 곳은 없어

벗나무 그늘 아래
파란 수국들이 무리 지어 핀 꽃속에
오래 서 있었더니 입안이 헐었다

가만히 꼼짝 않고 한자리에 있었지만
내 마음은 너를 쫓느라 정신없이 바빴다

제자리걸음만 걸을 줄 아는 너에게 가기 위해
끝없이 제자리걸음만 한 나를 누군가
용서할 수 없었나 보다

순한 너에게 무슨 가시가 있다고
이렇게 가슴이 아플까

입안이 헐도록 침묵하게 만들까

어젯밤 뜬 달은 스트로베리문이었다고 한다
달도 조금 헐어 있었는데
내 눈에만 그랬겠지

너를 바라보고 너에 대해 느끼고
네 생각에 물들어가느라 온종일
쉴 틈이 없었다

너의 전부는 수국이지만
너의 하나하나에는 수국이 아닌 것도 있었다

보름달이 다 헐고 나면
수컷의 사슴들은 연한 뿔이 자라는 이마를
이 산 저 산 들이대며 뛰어다닐 것이다

바람의 머릿결들이 따뜻해져
더 이상 물러날 곳이 없어지자
여름이 시작되었다

거울론

나는 내가
너의 화면에 비치는 대상에 불과할 뿐이어도
괜찮다

부드러우면서도 난폭한 단절
앞에 속절없이 서 있는 일이

진공 속을 헤매는 메아리 없는 눈송이처럼
찬란할 때가 있듯이

때때로 차가운 너의 화면에 귀를 대보는 때가
있지만 그것은 그저 너의 눈높이에
나의 눈높이가 여전히 잘
맞추어져 있는가 확인하는 것일 뿐이다

우리는 서로의 말을 알아들을 수 없을만치
다른 궤도의 처음과 끝으로 나뉘어 있지만

내 눈의 높이에 너의 눈이 있고

내 손의 높이에 너의 두 손이 있음을
언제까지나 선명하게 알아볼 수 있다

어깨를 반으로 접으면 날개가 펼쳐진다

(어린 마술사가 보자기를 여러 번 접어
숨결을 불어넣자 흰 비둘기가 푸드득
날아 나왔다)

내 혀를 반으로 접으면
말과 뜻이 반으로 접힐까요
반으로 줄어든 한쪽 귀로 온전히 들릴까요

생각이 반으로 접히면
생의 각도가 달라지나요
우리가 함께
남반구의 어느 황무지를 걷고 있을까요

나의 외면과 내면이 그림자도 돋지 않는
새벽 어스름처럼 완벽하게 일치하면
내 손바닥 안에 영혼이라는 물방울이 맺힐까요

바다의 절반은 파랑입니다
태양이 아무리 애를 써도

바다의 청동빛 파랑은 단단해지기만 합니다

파도에 쫓기고 쫓겨
진주와 조개껍질들의 잔해가 된 해변이
한없이 부드러운 이유는
묻지 않기로 합니다

모래알들 조금 더 세다가 가겠습니다
쓰다가 만 시라도 당신은 모두 읽을 수
있겠죠

김현미 시집
우리의 어디가 사랑이었나

초판1쇄 발행   2023년 9월 1일

지은이   김현미
펴낸이   이지순

편집   성윤석   **디자인**   디자인무영
제작   뜻있는 도서출판

펴낸곳   사유악부
         (사유악부는 뜻있는 도서출판의 현대문학 분야 출판 임프린트입니다)

ISBN   979-11-971175-4-1   03810